D1733179

Rodenas, Antonia
Al corro de las palabras / Antonia Rodenas ; ilustraciones de Carme Solé Vendrell .—Madrid : Anaya, 2013
40 p. : il. col. ; 20 cm — (Sopa de libros ; 157)
ISBN : 978-84-678-4040-7
1. Poesías infantiles I. Solé Vendrell, Carme, il.
087.5: 821.134.2-1

Al corro de las palabras

A mis padres.
A. R.

A Jaume Escala.
C. S. V.

© Del texto: Antonia Rodenas, 2013
© De las ilustraciones: Carme Solé Vendrell, 2013
© De esta edición: Grupo Anaya, S.A., 2013
Juan Ignacio Luca de Tena, 15. 28027 Madrid
www.anayainfantilyjuvenil.com
e-mail: anayainfantilyjuvenil@anaya.es

Diseño: Manuel Estrada

Primera edición, abril 2013

ISBN: 978-84-678-4040-7
Depósito legal: M-6701-2013

Impreso en España - Printed in Spain

Antonia Rodenas

Al corro de las palabras

Ilustraciones de Carme Solé Vendrell

Amanecía
y trinaban los pájaros
que yo veía.

Ya sale el sol,
a mi casa pequeña
llega el calor.

Se fue el canario
cuando le abrí la jaula
para mirarlo.

Pasa un avión,
los niños en el parque
dicen adiós.

Me voy al río
a que duerma mi niño
con su sonido.

Llegan cigüeñas
a quedarse en el nido
que hay en la iglesia.

Busca su nido
la joven golondrina
que se ha perdido.

En mi regazo
tengo unas margaritas
tiernas del campo.

Canta la rana
y siete peces rojos
van a escucharla.

La nube blanca
parece un elefante
de trompa larga.

Friego los platos,
descubro el arcoíris
entre mis manos.

Tengo un sombrero,
camino más deprisa
cuando lo llevo.

Voy en el tren,
dibujo una jirafa
en un papel.

Llegó el verano,
los grillos en la noche
están cantando.

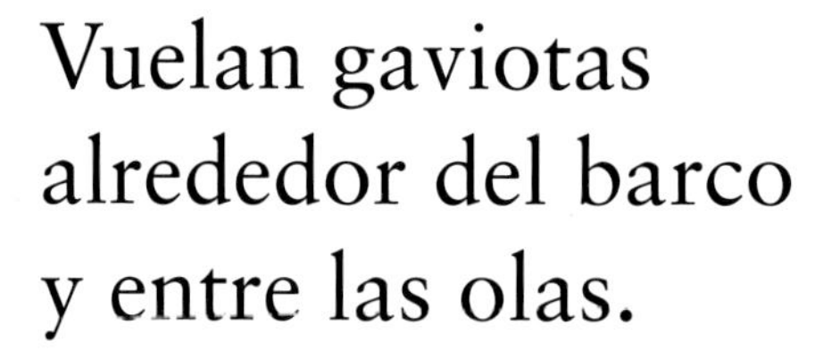

Vuelan gaviotas
alrededor del barco
y entre las olas.

Hay mariposas
sobre las verdes zarzas
llenas de moras.

Hace calor,
el lagarto pasea
y toma el sol.

Verde la higuera
me regala su sombra
para que duerma.

Bajó la luna
a bañarse en el agua
de la laguna.

Son los naranjos
los que llenan de aroma
todos los campos.

Se va el verano
y madura la fruta
del gran manzano.

Veo el otoño
cuando miro el granado
verde y dorado.

Quiero que llueva
para pisar los charcos
con botas nuevas.

El viento pasa
arrastrando la tierra
y la hojarasca.

¡Que pare el viento!,
que se lleva las flores
de los almendros.

Va a la escuela
con zapatillas rotas
y sin cartera.

Cae la nieve,
solo queda silencio
y ya no llueve.

En el invierno
los árboles desnudos
miran al cielo.

Voy a la cama,
los pájaros se duermen
sobre las ramas.

Cierro los ojos
para que llegue el sueño
poquito a poco.